DU VAUDEVILLE

A S. M. CHARLES X,

(Le 4 Novembre 1825).

Prix : 75 c., au profit des Incendiés de Salins.

PARIS,

CHEZ DUVERNOIS, LIBRAIRE,

COUR DES FONTAINES,

ET A SON DÉPÔT, AU THÉATRE DU VAUDEVILLE;

ET CHEZ TOUS LES MARCHANDS DE NOUVEAUTÉS.

1825

LE BOUQUET
DU
VAUDEVILLE.

IMPRIMERIE DE A. CONIAM
FAUBOURG MONTMARTRE, N. 4.

DU

VAUDEVILLE

A S. M. CHARLES X,

(Le 4 Novembre 1825).

Prix : 75 c., au profit des Incendiés de Salins.

PARIS,

CHEZ DUVERNOIS, LIBRAIRE,

COUR DES FONTAINES,

ET A SON DÉPÔT, AU THÉATRE DU VAUDEVILLE;

ET CHEZ TOUS LES MARCHANDS DE NOUVEAUTÉS.

1825

LE

Bouquet du Vaudeville

A S. M. CHARLES X,

(Le 4 Novembre 1825).

Le Vaudeville n'a jamais laissé échapper une occasion de faire éclater son amour pour ses Princes légitimes. Cet amour dont la terreur révolutionnaire n'avait pu comprimer entièrement l'expression, a souvent valu d'honorables persécutions aux joyeux desservans du temple de Momus, et des refrains sans prétention n'ont pas toujours été sans courage... Quelle circonstance plus digne d'inspirer de nouveau leurs chants, que la première fête offerte par la France à son Roi bien aimé?...

Les administrateurs du Théâtre du Vaudeville devaient offrir au public une pièce destinée à célébrer cette grande journée. Des circonstances qu'ils n'ont pu maîtriser, n'en ont pas permis la représentation. Ils espéraient que malgré la lutte où ils se trouvent engagés pour la défense des droits sociaux, le sentiment qui dans cette solemnité réunit tous les cœurs français, amènerait du moins *une trève* pendant laquelle des deux côtés on répèterait en chœur les mêmes chansons.

Leur but n'est d'accuser personne, mais il est de leur devoir de se justifier et de prouver qu'il n'a pas dépendu d'eux que le Vaudeville se montrât digne de la réputation de royalisme qu'il a si bien su mériter. Il leur suffira pour cela, de raconter ici comment s'est passée pour eux la soirée du 4 novembre.

A la chûte du jour la façade du Vaudeville, déjà illuminée la veille par les soins des administrateurs de ce théâtre, offrait l'aspect d'un temple que mille verres de couleurs rendaient étincelant de clartés. Les mots de *Vive le Roi!* se distinguaient sur le fronton orné de drapeaux fleurdelisés.

A six heures, les quatre administrateurs du Vaudeville, MM. de Sereville, de Guerchy, Philippe et Brezin, accompagnés de M. Barré, fondateur et ancien directeur du Vaudeville, de M. Désaugiers, directeur titulaire, et de MM. les auteurs, qui ont depuis trente ans contribué aux succès de ce théâtre, se sont rendus au foyer pour inaugurer le buste de S. M., sur lequel M. Désaugiers a déposé une couronne de lauriers, aux cris de *Vive le Roi!*

M. de Rougemont a improvisé les vers suivans :

Pour régner sur nos cœurs, pour régner sur la France,
Charles X a reçu le jour,
S'il n'avait pas les droits de sa naissance
Il aurait ceux de notre amour.

Les administrateurs et MM. Barré, Désaugiers, de Rougemont, Radet, Brazier, Capelle, Vulpian, F. Langlé, Saint-Hilaire, Ramon, Ledoux, Dupeuty, de Villeneuve, le comte de Nugent, Lachassagne, Gauthier, etc., etc., se sont ensuite réunis chez Beauvilliers, restaurateur. Des toats ont été portés au Roi et aux membres de la Famille Royale. Les couplets suivans ont été chantés, et l'on s'est séparé fort tard aux cris de *Vive le Roi!*

A. G.

POUR L'INAUGURATION DU BUSTE DU ROI DANS LE FOYER DU VAUDEVILLE.

Air : Je ne veux pas qu'on me prenne.

Charle étant fils d'Henri quatre ,
De ce roi dont le talent
Fut de boire , aimer , combattre
Et triomphe en chantant ;
Dont souvent le luth facile
Du plaisir dicta la loi...
Qui , plus que le Vaudeville ,
Doit chanter *vive le Roi ?*

Cet enfant est de la guerre
L'ennemi le plus juré ,
Et sous le règne prospère
D'un souverain adoré ,
Puisque l'enfance tranquille
Grandit enfin sans effroi...
Qui , plus que le Vaudeville ,
Doit chanter *vive le Roi ?*

Ici de ses destinées
Un Bourbon fixa l'essor ,
Après trente-trois années
Un Bourbon s'y voit encor;

Et, dans son ancien asile,
Il dit, plein d'un doux émoi :
Qui, plus que le Vaudeville,
Doit chanter *vive le Roi ?*

Les troubadours qui fondèrent
Cet asile à la gaîté,
Dans les cachots expièrent
L'amour de la royauté ;
Et leur galoubet fragile
Disait, au son du beffroi :
Qui, plus que le Vaudeville,
Doit chanter *vive le Roi ?*

(*On a fait répéter quatre fois ce couplet.*)

Lorsqu'enfin un père tendre
Veut qu'au son du tambourin,
Ce beau jour aille répandre
Les jeux, la joie et le vin ;
Que la campagne et la ville
Dansent ou disent pourquoi :
Qui, plus que le Vaudeville,
Doit chanter *vive le Roi ?*

DESAUGIERS.

Couplets

CHANTÉS A L'INAUGURATION DU BUSTE DE CHARLES X
PAR LES ACTIONNAIRES DU VAUDEVILLE.

Air connu.

D'un roi bon, juste et sage,
Inaugurons les traits,
C'est un heureux présage,
Et chez nous désormais
Nous allons vivre en paix.

Le petit Vaudeville,
Bientôt, comme jadis,
Dans son modeste asile
Reverra ses amis :
Il verra réunis
Ses bons, ses vrais amis ;
Tous ses anciens amis.

M. Radet.

Air : Amis voici la riante semaine.

Pour Charles dix que notre voix s'apprête ;
Chantons, morbleu ! chantons jusqu'à demain !

Mes chers amis, parlez-moi d'une fête
Qu'il faut chômer verre et bouteille en main. (*Bis.*)
Que des lurons la joyeuse phalange
Chante gaîment ce refrain avec moi : (*Bis.*)
« Sa fête arrive au temps de la vendange,
» Buvons, buvons à la santé du Roi! »

Si nos jardins, nos bosquets, nos parterres,
Avaient gardé leurs brillantes couleurs,
Nous aurions pu, d'un bon roi tributaires,
Lui présenter nos couronnes de fleurs :
Mais le jasmin, l'œillet, la fleur-d'orange,
Ne valent pas les pampres que je voi....
» Sa fête arrive au temps de la vendange,
» Buvons, buvons à la santé du Roi! »

Avec des vers faits pour la circonstance,
On a souvent flatté les potentats ;
Il est pourtant un vieux proverbe en France
Qui dit toujours *in vino veritas.*
Dans nos couplets, chantés à sa louange,
Charle entendra la vérité, de moi.
« Sa fête arrive au temps de la vendange,
» Buvons, buvons à la santé du Roi. »

Puisqu'il est vrai que le bon Henri quatre
But en naissant le vin de Jurançon,
Son petit-fils, que rien ne sut abattre,
A souvent mis à profit la leçon.
Versez bordeaux, mâcon, beaune, coulange,
Qu'ils aient ou non payé le droit d'octroi.
« Sa fête arrive au temps de la vendange,
» Buvons, buvons à la santé du Roi! »

Quoique la rose aujourd'hui nous échappe,
Couronnons Charle à ce joyeux couvert;
A son portrait suspendons une grappe,
Et sur son front plaçons un pampre vert.
Ne laissons pas un flacon en vidange,
Nos cœurs, nos vins, tout est de bon aloi.
« Sa fête arrive au temps de la vendange,
» Buvons, buvons à la santé du Roi! »

Mais en sablant un nectar délectable,
Pour nos cerveaux, je crains, *ventre saint-gris!*
Que dirait-on, en nous levant de table,
Si nous allions, par malheur, être gris?
Eh! mes amis, paraîtrait-il étrange,
Que Charles dix nous fît broncher, ma foi....
« Sa fête arrive au temps de la vendange,
» Enivrons-nous à la santé du Roi! »

BRAZIER.

Couplets

POUR L'INAUGURATION DU BUSTE DU ROI AU VAUDEVILLE.

Air: Ba Ba Balancez-vous donc.

Célébrons, amis, ce beau jour,
C'est pour Charle
Que not' cœur parle;
Pour fêter l'objet d'son amour,
Tout Français est un troubadour.

L'an dernier notre muse prête
A chanter c't'époque d'bonheur

Fut contrainte d'rester muette
Et de r'tenir l'élan du cœur. (*bis.*)
Aujourd'hui qu'nous pouvons, sans gêne,
Suivre l'penchant qui nous entraîne,
Célébrons, etc.

Dans notre Charles la patrie,
Enfin au comble de ses vœux,
De l'antique chevalerie
Vit rentrer le modèle heureux. (*bis.*)
Com' notre Henri, pour sa devise,
Charle a pris gloire, honneur, franchise.
Célébrons, etc.

De l'état dès qu'il prit les rênes,
C'bon prince, au milieu des partis,
D'un r'gard sut éteindre les haînes
Et rapprocher tous les esprits. (*bis.*)
Plus d'opposans, sous sa bannière
On vit voler la France entière.
Célébrons, etc.

Quand l'ouragan et l'incendie
Sur nous répandent leurs fureurs,
Faut-il de leur rage ennemie
Réparer les cruels malheurs? (*bis.*)
A leur secours chacun s'élance,
Mais Charle a toujours pris l'avance.
Célébrons, etc.

(*Au buste du Roi.*)
Toi, dont à la cour, à la ville,
Les bienfaits suivent tous les pas,

Du pauvre petit Vaudeville
Tu vas entendre les débats. (*bis.*)
Bon Roi, tu séchas tant de larmes!
Finis donc aussi ses alarmes.

Nous dirons, dans un si beau jour :
Pour nous de Charle
Le cœur parle ;
C'est grâce, à lui qu'enfin de r'tour,
La paix règne dans ce séjour.

UN CONVIVE.

Air : A soixante ans on ne doit pas remettre.

En ce beau jour, quand d'une auguste image
Votre foyer s'est enrichi,
Au même instant, par un sincère hommage,
Saluons le fils de Henri.
Lorsqu'en public, de ce roi qu'on adore,
Chacun bénit l'air bon et familier,
Ah! quel bonheur de retrouver encore
Son sourire au coin du foyer.

Des Bourbons, ô race chérie,
Que tes vertus nous protégent toujours :
Dans tous les temps notre patrie
A toi seule a dû ses beaux jours.
Nous gémissions au sein de la victoire,
Mais tu sus rendre, avec d'autres lauriers,
Et l'innocence à notre gloire,
Et le bonheur à nos foyers.

Lorsque les lys se courbaient sous l'orage,
Au petit temple de Momus,
Plus d'une lyre, avec courage,
Chanta la gloire des vaincus.
Nos chants d'amour vont prouver par la ville,
Qu'à nous encor on pourrait se fier,
Et que toujours le Vaudeville
Est de royalisme un foyer.

A. VULPIAN.

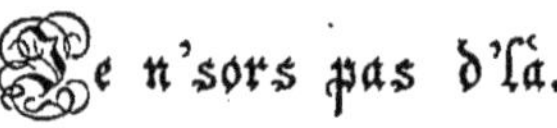

Je n'sors pas d'là.

Air : Est-ce ma faute dà !

D'une voix chagrine
Certain's gens souvent
Dis'nt que l'mal nous mine,
Qu'personn' n'est content.
Moi, j'dis en voyant
S'allonger leur mine :
Ça va bien, oui dà,
Et je n'sors pas d'là.

Pour notre bien-être,
Charl' règn' par la loi,
Chacun pent r'connaître
Qu'il est d'bonne foi.
Chez lui, comm' le Roi,
L' charbonnier est maître ;
Ça va bien, oui dà,
Et je n'sors pas d'là.

Libre à son ouvrage,
Le bon paysan,

Qui r'cueille sans partage
Les fruits de son champ,
Le soir en chantant
Regagn' son village;
Ça va bien; oui dà,
Et je n'sors pas d'là.

Quand on sollicite,
Sans titr's superflus,
L'courage et l'mérite
Partout sont bien r'çus.
C'lui-là qu'en a l'plus
Avanc' le plus vîte;
Ça va bien, oui dà,
Et je n'sors pas d'là.

L'commerc', l'industrie,
Vont à qui mieux mieux;
Quand d'notre patrie
L' voisin est envieux,
J'dis c'n'est qu'aux heureux
Que l'on porte envie;
Ça va bien, oui dà,
Et je n'sors pas d'là.

Que l'ciel daign' sourire
Aux vœux qu'nous formons,
La Franc' ne respire
Qu'sous l'règne des Bourbons.
Oui, tant qu'j'en aurons,
Gaîment j'pourrons dire :
Ça va bien, oui dà,
Et je n'sors pas d'là.

SAINT-HILAIRE.

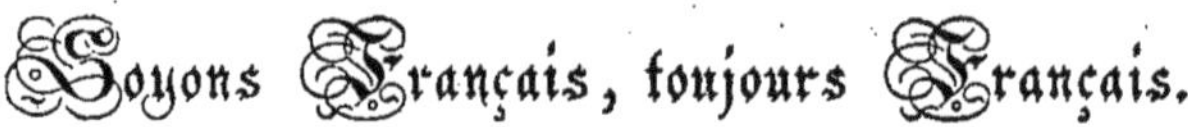

Soyons Français, toujours Français.

Air : Restez, restez, troupe jolie.

Loin des soucis, loin de l'envie,
N'ayons qu'un même sentiment.
Rappelons la vive folie :
Rien au passé, tout au présent. (*bis.*)
Plus de parti qui nous divise ;
Le Lis nous unit à jamais.
Amis, prenons tous pour devise,
Soyons Français, toujours Français.

Aimables enfans d'Epicure,
Que certain *quartier* ne voit plus,
Venez lui rendre sa parure ;
Rentrez au temple de Momus. (*bis.*)
Et quand un bon Roi ne respire
Que pour rendre heureux ses sujets,
C'est en chantant qu'il faut le dire,
Soyons Français, toujours Français.

Partout, attestant notre gloire,
L'art élève des monumens.
Quel autre peuple dans l'histoire
L'emporte en génie, en talens? (*bis.*)
D'un règne si beau, si fertile,
Pour mieux célébrer les bienfaits,
Ressuscitons le Vaudeville ;
Il est Français, toujours Français.

Aujourd'hui que de chansonnettes,
Que de vers pour notre Bourbon!
Mais aussi combien de poètes
Riment en dépit d'Apollon. (*bis.*)
Tout passe en cette circonstance :
Faisons des vers, bons ou mauvais;
Buvons au bonheur de la France;
Soyons Français, toujours Français.

Des vins d'une terre étrangère
Ne nous montrons pas envieux;
Faisons pétiller dans le verre
Le compatriote mousseux. (*bis.*)
Bien sot qui se met en campagne
Pour d'autres vins, moins bons, moins frais.
Amis, sablons notre Champagne;
Soyons Français, toujours Français.

LA CHASSAGNE,
Régisseur du Vaudeville.

Vive le Roi, vive ma Femme et Moi.

Air : Vive le vin,
Vive ce jus divin.

Vive le Roi;
Vive ma femme et moi;
Ce vœu de bon aloi
Seul enflamme
Mon âme...

Vive le Roi,
Vive ma femme et moi!
Voilà toute ma foi,
Voilà toute ma loi!

Qu'il vive pour la France,
Ce Roi plein de bonté,
Qui sait que la clémence
Parer la majesté.
Que ma femme embellisse
Des jours encor nombreux;
Et que moi je vieillisse
Pour les aimer tous deux!

Vive le Roi,
Vive ma femme et moi;
Ce vœu de bon aloi
Seul enflamme
Mon âme....
Vive le Roi,
Vive ma femme et moi!
Voilà toute ma foi,
Voilà toute ma loi!

Cherche-t-on la fortune,
La faveur, les hauts rangs,
Toute chance opportune,
Fait brûler de l'encens!
Je ris, et l'âme fière,
Ainsi que mes ayeux
Je n'ai qu'une prière,
Et je l'adresse aux cieux:

Vive le Roi,
Vive ma femme et moi;

Ce vœu de bon aloi
Seul enflamme
Mon âme....
Vive le Roi,
Vive ma femme et moi!
Voilà toute ma foi,
Voilà toute ma loi!

Inclinant sa puissance,
Aux pieds du saint autel,
Charles fait à la France,
Un serment solennel!....
Qu'était-il nécessaire
De ce nouveau serment?
Du bien qu'il saura faire,
Le passé m'est garant!
Vive le Roi,
Vive ma femme et moi;
Ce vœu de bon aloi
Seul enflamme
Mon âme....
Vive le Roi,
Vive ma femme et moi!
Voilà toute ma foi,
Voilà toute ma loi!

Nos drapeaux qui naguères
Menaçaient tous les rois,
Flottent sur les frontières,
Pour garantir leurs droits.
Quelle gloire est la tienne,
Soldat de Charles dix,
D'avoir deux fois pris Vienne
D'avoir soumis Cadix!

Vive le Roi,
Vive ma femme et moi;
Ce vœu de bon aloi
Seul enflamme
Mon âme...
Vive le Roi,
Vive ma femme et moi!
Voilà toute ma foi,
Voilà toute ma loi!

Louis à ta sagesse,
Nous devons le repos!
Charle a fait la promesse
D'accomplir tes travaux!...
Les concerts de la France,
Mêleront à jamais,
Aux hymnes d'espérance,
Des accens de regrets!...

Vive le Roi,
Vive ma femme et moi;
Ce vœu de bon aloi
Seul enflamme
Mon âme...
Vive le Roi,
Vive ma femme et moi!
Voilà toute ma foi,
Voilà toute ma loi!

Ramond de la Croisette.

La Saint-Charles, 1825.

Air du Vaudeville de la Servante justifiée.

L'aube paraît, le canon me réveille ;
Je vois partout des groupes réjouis ;
Partout des fleurs !... Est-ce aujourd'hui la veille,
Est-ce le jour où l'on fête Louis ?
« *C'est* CHARLES DIX, *qu'on aime et qu'on révère.* »
Voilà le cri qui parvient jusqu'à moi.
« *Tous les Français fêtent leur nouveau père,*
» *Et c'est pour eux toujours le même Roi.* »

Vive à jamais le modèle des princes !
Un peuple heureux le chante dans Paris ;
On le bénit au fond de nos provinces ,
Et le royaume a confondu ses cris.
Myrthe et laurier vont couronner sa tête ,
Un noble accord signale ce grand jour.
Français amis, pour célébrer sa fête ,
Soyons rivaux, mais de gloire et d'amour.

Prodige heureux ! le jour de sa naissance,
Dans son berceau, ce bon roi, nous dit-on,
Vit de HENRI le panache et la lance ,
Avec ces mots : *Oubli*, *paix*, *union*.
Ces mots sacrés, dont son auguste frère
Sut entourer la couronne des lys,
Font l'ornement du trône héréditaire,
Et sont gravés au cœur de CHARLES DIX.

Qu'ils soient inscrits sur la blanche bannière,
Où les Français doivent se rallier.
CHARLES sourit à la famille entière.
Ainsi que lui, sachons tout oublier :
Que l'union, renaissant dans nos villes,
Soit le bouquet de ce jour solennel,
Et que le feu des discordes civiles
S'éteigne aux pieds du trône paternel.

Il en est temps, Français, vivons en frères,
Confondons-nous tous dans le même rang;
Plus de débats, plus de partis contraires,
Par la Discorde appelés *rouge* et *blanc*.
Sous nos drapeaux, que nul de nous ne bouge;
Au même but marchons ensemble enfin;
Et, pour mêler le *blanc* avec le *rouge*,
Mettons chacun de l'eau dans notre vin.

CAPELLE.

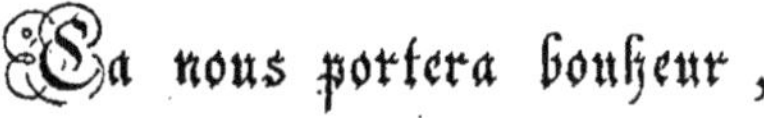

OU

A LA SANTÉ DE CHARLES X.

Air : Amis voici la riante semaine.

Depuis long-temps le pauvre Vaudeville,
Vêtu de noir, plaide au lieu de chanter;
L'enfant malin n'est plus qu'un imbécille,
Passant sa vie, hélas! à s'disputer.

Qui pourra donc terminer sa misère,
Lui rendr' ses r'frains et sa joyeuse humeur?
O mes amis, trinquons... à *not' bon père*! } *bis.*
Cela, je crois, nous portera bonheur.

Gais chansonniers, vieux soutiens de sa gloire,
Par vous jadis tant de fois il a ri!
S'rez-vous forcés de pleurer la mémoire
De votre dieu, de votre enfant chéri;
Non; qu'chacun d'vous, en rapprochant son verre,
Fasse rentrer l'espoir dans notre cœur.
O mes amis, trinquons... à *not' bon père!* } *bis.*
Cela, je crois, nous portera bonheur.

Puissent bientôt deux princesses chéries
Connaîtr' nos chants, nos vœux et notre amour!
Puiss'nt nos couplets, aux portes des Tuileries,
Par *Charles dix* être entendus un jour!
Il exauc'rait alors votre prière,
Car un Bourbon a toujours si bon cœur!
O mes amis, trinquons... à *not' bon père!* } *bis.*
Cela, je crois, nous portera bonheur.

Oui, désormais plus de craintes, d'alarmes,
Le bien aimé calmera not' chagrin;
Momus bientôt pourra sécher ses larmes,
Et faire entendre encor son tambourin.
Tous en ces lieux nous r'viendrons, je l'espère;
Et, plus joyeux, nous redirons en chœur:
O mes amis, trinquons... à *not' bon père!* } *bis.*
Cela, je crois, nous a porté bonheur.

Ferdinand DE VILLENEUVE.

POUR LA SAINT-CHARLES.

Air de la ronde du Maçon :
Du courage, les amis sont toujours là.

De célébrer plus d'une fête,
Lorsqu'on vous impose la loi,
On ne trouve pas dans sa tête,
Une chanson de bon aloi.
Mais dans un aimable délire,
S'il faut accorder notre lyre,
Pour le Roi qui nous consola...
Le cœur parle,
Et pour Charle
Les couplets sont toujours là.

Bon prince, ta fête est placée
Dans un mois stérile en bouquets;
La saison de Flore est passée,
L'automne a flétri nos bosquets.
Mais pour te fêter il nous reste
Une fleur brillante et céleste,
Que tout bon Français t'offrira.
Oui, qu'il grêle,
Ou qu'il gèle,
L'immortelle est toujours là.

A Paris et dans les provinces,
Tes enfans se font admirer;
Il n'est pas de maux que nos princes
Ne s'empressent de réparer.
Que tout à coup le feu ravage,
Une ville ou bien un village,
Le malheureux répètera:
« Espérance,
» Confiance,
» Les Bourbons sont toujours là.

Amis, la gaîté la plus franche
Doit présider à ce beau jour,
Le verre en main que l'on épanche
Et son bonheur, et son amour.
Quand on fête un Roi populaire,
Qui sut rire chanter et plaire,
Qui sait aimer comme on l'aima...
A sa gloire,
S'il faut boire,
Les lurons sont toujours là.

BRAZIER.

CHANSON DE CIRCONSTANCE.

Air : Du délire d'Erigone (de Lélu).

Fils de Momus, dans ton heureux délire,
Par tes chansons, charme encore aujourd'hui;

D'Anacréon, tu possèdes la lyre,
Tu dois chanter aussi long-temps que lui.

En toi mettant leur espérance,
Nous savons tous que les neuf sœurs
Ont embelli ton existence
En te comblant de leurs faveurs;
Lorsque leur voix t'appelle encor près d'elles,
Amant ingrat! tu les délaisserais!...
Toi, franc luron! négliger des pucelles!
Non, tes amis ne le croiront jamais.

Fils de Momus, etc.

Tout fiers malgré leur impuissance
Tels rimeurs qu'on pourrait citer,
Voudraient te réduire au silence,
Afin de se faire écouter;
Esprits brillans! hommes par trop célèbres!
Nous croyons voir dans ce projet nouveau,
Pour l'éclipser, les anges des ténèbres
Forçant Phœbus d'éteindre son flambeau.

Fils de Momus, etc.

Ah! de la faveur passagère
Ne crains pas les goûts inconstans:
Ta muse et badine et légère
N'a rien à redouter du temps.
Ne sait-on pas qu'au temple de mémoire
Tu parviendras au gré de tes désirs;
Tes vers charmans suffisent pour ta gloire,
Mais chante encore, ami, pour nos plaisirs.

Fils de Momus, etc.

Au fond du boudoir de nos belles
Sous le chaume du villageois ,
Tes chansons sans cesse nouvelles
Occupent toujours les cent voix.
Au Louvre même , ainsi que par la ville ,
Chacun sourit et redit ton couplet.
Dans ce concert , l'écho du Vaudeville ,
Serait le seul qui resterait muet !

Fils de Momus , etc.

La nacelle , au zéphir docile ,
Qui porte cet enfant malin ,
Qu'on appelle le Vaudeville ,
Ne peut pas rester en chemin ;
Il m'en souvient , sa gaîté nous fut chère
Quand le malheur eût dû nous attrister ;
Et l'on voudrait le forcer à se taire ,
Quand plus heureux le Français doit chanter !

Fils de Momus , etc.

D'Apollon briguant l'héritage ,
Ne disputons pas sur nos droits ;
Et dans un si noble partage
De l'amitié suivons les lois :
Le dieu des arts fuit les discords contraires ;
De la paix seule il cherche les douceurs ;
Mes chers amis , vivons comme des frères ,
Puisqu'on nous dit que les muses sont sœurs.

Fils de Momus , etc.

MM. Fulgence , P. Ledoux et Ramond.

Pétition du Vaudeville

A CHARLES X.

Air : *Rendez-moi mon écuelle de bois.*

Quand chacun aime à vous fêter,
Triste, dans sa demeure,
Seul, hélas! ne pouvant chanter,
Le *Vaudeville* pleure;
Mon pauvre couvent
Va bientôt vraiment
Faillir, faute d'un moine....
Rendez-moi,
Bon Roi,
Rendez-moi
Le joyeux *Père Antoine*. (*)

En tout temps, de pampre il orna
Les autels de mon temple;
Et de la chanson il donna
Le précepte et l'exemple;
Par ses orémus,
Il est de Momus
Le plus fervent chanoine....
Rendez-moi,
Bon Roi,
Rendez-moi
Le joyeux *Père Antoine*.

(*) M. Antoine Désaugiers, le premier de nos chansonniers.

Si l'étranger juge par moi,
L'esprit de notre France,
De vos sujets, en bonne foi,
Que voulez-vous qu'il pense?
Qu'ils sont tous, vraiment,
Bêtes maintenant,
A manger de l'avoine....
Rendez-moi,
Bon Roi,
Rendez-moi
Le joyeux *Père Antoine.*

Chez moi, quand je chante et je ris,
Plutus vient à mon aide;
Mais, avec ses sacs de louis,
Il s'enfuit quand je plaide.
Si la loyauté,
La franche gaîté,
Sont mon seul patrimoine.....
Rendez-moi,
Bon Roi,
Rendez-moi
Le joyeux *Père Antoine.*

Qu'au nom de notre Désaugiers,
La chicane s'envole,
Couvrez, *jugemens* et *dossiers*,
Et la *grosse* et le *rôle*,
Et papiers timbrés,
Et bonnets carrés,
Du froc de ce bon moine.....
Rendez-moi,
Bon Roi,

Rendez-moi
Le joyeux *Père Antoine.*

Des méchans, maîtres de mon sort,
Je crains fort la vengeance,
Je sais que quelqu'un veut ma mort...
Protégez mon enfance!
Que je ne sois pas,
La victime, hélas!
D'un autre *Papavoine*.....
Rendez-moi,
Bon Roi,
Rendez-moi
Le joyeux *Père Antoine.*

CHARLES DU PEUTY.

La Saint-Charles.

Air : Comme faisaient nos pères.

Je voudrais faire une chanson
Pour fêter la SAINT-CHARLE;
Déjà mon cœur me parle
Et ma lyre est à l'unisson.
Pourtant je n'ose,
Et quelque chose
Hélas! s'oppose
Au vœu que je m'impose:
Oui, j'éprouve un secret effroi,
Comment faut-il chanter son ROI?

Que dire enfin?... allons, j'y suis... ma foi,
Tout bonn'ment je vais faire
Comm' si j' chantais mon père,
Comm' si chantais (*bis.*) mon père.

Autour du trône je ne voi
Et dans toute la France,
Qu'une famille immense
Dont le chef c'est notre bon Roi.
Il nous rallie;
Chacun s'écrie:
Sois, pour la vie,
Père de la Patrie!...
Tous ses sujets dans ce pays
Pour lui sont des enfans chéris;
Comme français, ne suis-je pas son fils?...
Ainsi, c'est bien, j'espère,
Comm' si j' chantais mon père,
Comm' si j' chantais (*bis.*) mon père.

J'allais partir... j'étais soldat...
Soudain la paix est faite: (1)
C'est Charles qui rachète
Ses fils qui volaient au combat.
Nouvelle dette:
Sur sa cassette,
Une retraite
S'offre à ma sœur cadette.... (2)
Commis, je lui dois mon état;

(1) 1814.

(2) Une des sœurs de l'auteur est élevée dans l'un des établissemens ouverts aux enfans des Chevaliers de Saint-Louis.

Si je renonce au célibat,
Un jour le Roi peut signer mon contrat...
Ah! c'est bien, je l'espère,
Comm' si j' chantais mon père,
Comm' si j' chantais (*bis.*) mon père!

Prompt à reconnaître ses droits,
J'obéis, s'il ordonne;
Toujours quoiqu'il pardonne,
Je craindrais d'enfreindre ses lois.
» Dieu tutélaire,
» Rends sa carrière
» Longue et prospère... »
Le soir, c'est ma prière.
Fier de lui prêter mon appui,
S'il le fallait, dès aujourd'hui,
Je donnerais mon or, mon sang pour lui...
Ah! c'est bien, je l'espère,
Comm' si j' chantais mon père!
Comm' si j' chantais (*bis.*) mon père!

F. de Courcy.

A S. A. R. MONSEIGNEUR LE DUC DE BORDEAUX.

Air : Tendres échos régnant dans les vallons.

Quand de tes ans le cinquième soleil
Sur l'horison se lève plein de gloire,

Royal enfant hâte donc ton réveil,
N'entends-tu pas le cri de la victoire?
Le Dieu puissant qui te doit soutenir, } *Bis.*
Sème pour toi les champs de l'avenir.

Ces champs heureux sont faits pour refleurir,
Vois cet ormeau, vous êtes du même âge;
Sur la colline il doit un jour grandir,
Il doit un jour te prêter son ombrage.
Le Dieu puissant qui te doit soutenir,
Sème pour toi les champs de l'avenir.

Pour rajeunir nos bataillons vieillis,
Tous nos enfans seront ton apanage;
Les vieux lauriers par les Bourbons cueillis,
Reverdiront pour ton jeune courage.
Le Dieu puissant qui te doit soutenir,
Sème pour toi les champs de l'avenir.

Tendre bouton, doux espoir du printemps,
La rose croît à l'ombre du mystère,
Ainsi peut-être, au matin de ses ans,
Pour toi s'élève une autre La Vallière.
Le Dieu puissant qui te doit soutenir,
Sème pour toi le champ de l'avenir.

Chez nos enfans est peut-être caché
Le germe heureux d'un Boileau, d'un Molière,
Qui par tes soins, à la nuit arraché,
Sur ton beau règne étendra sa lumière.
Le Dieu puissant qui te doit soutenir,
Sème pour toi les champs de l'avenir.

Déjà l'hiver a blanchi nos cheveux,
Voir tes destins n'est plus notre apanage;
Mais nous laissons ta gloire à nos neveux,
Est-il pour eux un plus bel héritage?
Le Dieu puissant qui te doit soutenir,
Sème pour toi les champs de l'avenir.

FERDINAND LANGLÉ.

www.ingramcontent.com/pod-product-compliance
Ingram Content Group UK Ltd.
Pitfield, Milton Keynes, MK11 3LW, UK
UKHW020456230726
13925UKWH00005B/1984

9 782014 045215